わたしは
よろこんで
歳をとりたい

イエルク・ツィンク［著］
眞壁 伍郎［訳］

こぐま社

Jörg Zink, Ich werde gerne alt with photographs
by Gerog Lehmacher and Jörg Zink

Japanese translation rights arranged with Verlag Herder GmbH
through Japan Foreign-Rights Centre
Japanese language edition published by KOGUMA Publishing Co., Ltd., Tokyo 2018

わたしは よろこんで 歳をとりたい

イェルク・ツィンク［著］
眞壁 伍郎［訳］

齢をとったのは　もうまぎれもない事実だ
最近こんなことがあった
おだやかな　夕べのこと
庭バサミを手にして　庭に立っていると
数歩はなれたところにいた妻が　何かいった
以前のようには　耳が聞こえないので
「なに？」と　聞きかえした
ザットラーさんたちが来るのは　水曜日でいいかという

カレンダーは　階段を降りていった部屋だ
一段一段　降りていって　ハッと気づいた
なんで降りてきたのだったか
ああ　そうだ　友だちが来るというのだ
そして　予定を見ようとすると
ああ　メガネだ　上においてきた
また階段を　一歩一歩のぼって
メガネをとって　もどる
水曜日か　大丈夫だ

二度目に　階段をのぼりながら
膝にちょっとした痛みをかんじる
庭にもどり
また探す　庭バサミはどこだったか
老いたのだ　これはまぎれもない！

だがおかしなことに　わたしはそれでいいと思っている
昨日いわれた名前を　思い出せないからといって
それが　どうってことはない
なにもかものろくなり　しんどくなって当然だ
それでも　わたしはよろこんで歳をとろう

わたしはもう　いわゆる引退生活だ
ある中年の司教 ― 生真面目が特長のプロイセン人らしく
大真面目で　こんなことをいったものだ
「クリスチャンは　一生　奉仕をしなければ」などと
たわけたことだ　とんでもない誤りが広まっている
「老人は　老人にふさわしい
社会にたいする役割が　生涯あるはずだ」などと

つい先ごろ 山でカエデの老木に出会った
わたしもその木のように　ただそこにいて
生きているだけでよいのだ
ようやくそのように　わたしも成長し自由になった！

もう好きなときにだけ　机に向かえばよいし
おしゃべりいっぱいの会議に　出る必要もない
何になるとか しなくてはなど
ひとからよく見られるのも　もう不要

かつて自分がやったことは　いまは若い人の課題
彼らは別なやり方でするだろう　かつてのわたしもそうだった
いまは　若い人たちが　よくやってくれるようにと願い
神の助けを　祈っている

では　わたしはいま　どうしていればよいのか？
そう　ただいるだけでよい
それは　むなしくはないかって？　そうじゃない
神が　陽の光を恵んでくださっているかぎり
生きていることを楽しむのだ
自分のこころの家の前にすわり　ときには
庭の散歩にも　思い出のかずかずが　ともなってくれる
こころに去来する　さまざまな人の姿が
かつてあった事柄を　わたしと語りあってくれる
木々を見ていると　芽吹き　花咲き　実をむすび
やがて葉を落とし　雪に覆われてのち
また春をむかえて　茂っていくのが思い出される
わたしはよろこんで歳をとろう　この一日一日を神に感謝して

この本には　木の写真がのっている
100年も300年もたった木だ
なかにはもっと年老いたものもある
若々しい木々のなかで　地中ふかく根をはり
あるものは茂り　あるものは衰えている

それにしても
老木はいい　力強いのもあれば　折れやすいのもある
木と人のあいだには　不思議なつながりがある
その木を見たいばかりに　何時間も歩いていくこともある
500年たったいまも　緑ゆたかに茂り
冬の灰色の空に　しっかりと踏みとどまっている

けっしてそれを　ロマンチックに思っているわけでない
その姿が　わたしに語りかける
この歳になっても
生き生きとしているか
成長しているか
しっかり立っているか　と問われるのだ

ただ　だれもがよろこんで　歳をとっているわけではない
それはよく承知している
老いれば　力はおとろえ　感覚はにぶり
病気や痛みがます
日々の出来事がおっくうになり　記憶は不確かになり
一日がみじかく　夜がながい
友だちが亡くなり　親もきょうだいたちもいってしまう
憂うつさがしのび寄り　この先が不安になる
若い者たちの配慮のなさと　かれらに見くだされることで
生きがいのなさがつのる

こう　なげきを歌いはじめたら　きりがない
老人は孤独なのだ
そして　人さまの重荷になっていると思うと　こころが痛む
体つきも変わってしまい　見栄えはとうにない

これらのことを　みな認めるとしても
わたしは　あえて反対をいおう
老いを生きるとは　人生の４番目の季節を生きることだ
わたしたちは　その季節を　一歩一歩　知ってゆく

でも　不安はないのか？
不安？　わたしはもともと怖がりの人間ではない
では　死は怖くないのか？　そう　怖くない

ただ　ある日　突然痛みがおそって
耐えられず
自分でも　わけがわからなくなってしまうかもしれない
それは怖いことだ
それに　この人生で不出来をしたことが
みな　目の前に現れてきて
わたしにつきまとうとしたら　どうなるのか
それも怖いことだ

歳をとるのが　たいていの人にとって
辛いことだというのは　よくわかる
見放され　一人で生きていかなければならない
やさしさや　親切な言葉や
訴えを聴いてくれる耳も　ほしくなる
それに　生活も貧しくなっている
仲間からはずされ　忘れられ　無視されて
若い者の目から見て　十分だろうという世話に甘んじる
たしかに　これらがみな事実だとしても
わたしはなお　よろこんで歳をとっていきたい

わたしの生家は　山の麓にあり
そこには　みごとなブナの木が茂っていた
第一次大戦のあと　まだ若かったわたしの両親が
友人たちと共同生活を始めたところだ
みな　大地とまじわり
民族のちがいを越えて理解しあおうと
仕事もお金もわけあった
大きな屋敷は　数家族の共有だった
だれもが　自分だけの財産をもたなかった
その手本となったのは
初代キリスト教徒たちの共同体だった

年をへてのち　わたしは子どものころ遊んだ
あの古いブナの木々のもとを訪ねた
母の信仰の姿が　幼いわたしには身近だった
母は　若くして亡くなった　まだ少女といっていい齢に
戦争という悲惨のあと　求められるのはただ一つ
キリストに従い　そのみ国のために働くこと
これが母の確信だった

わたしの生涯は　これに導かれてきた
感謝はつきない　そしてわたしの願いとなれば
母なしに生きてきたわたしが　いつの日にか
神のみ前で　母に会うことだ

歳をとると　感謝の言葉こそが決め手になる
何に感謝するのか　といえば
まず長生きをさせてもらったことだ
若いときの友人たちの多くは　戦争の犠牲者になった
それなのに　わたしは何十年も生かされてきた

愛した人たちや　人生の道連れとなってくれた
先生や同僚たちに　感謝しなければならない
あの木々のもとですごした遥かな日々から
わたしをつくりあげ　働かせてもくれた
経験のかずかずにも　感謝しなければならない

長い年月のことが　ついこの前のことのように思い出される
だから 最近のことが 思い出せなかったとしても
それを　なんで嘆く必要があろう

もう自分がどんなに役に立つだとか　まだ何ができるかなど
それを実証する必要など　さらさらない
それよりも大切なのは　かつての出会いや経験を思い出させる
ごくごく小さな物たちだ
壁にかかった絵や　小石の一つ　おし花　一枚の写真
そして何よりも手紙のかずかず　これは人生の春と夏の証だ

わたしはまだ話すことができるし　まあまあ健康だ
そして何よりもうれしいことは
わたしには　戦争の間　ひそかに尊敬していた
若いお嬢さんがいて　その人が平和になったとき
わたしの妻になり　いまもわたしのそばにいて
毎日の生活を　共にしていることだ
老いることに　特別のコツなど　おそらくないのだろう

ただ晩年の夢だけは　健在だ
静かな気持ちのいい夕べ
家のまえに座り　一緒にゆっくりしていることだ

これから　多くのことが　さらに起こるわけではない
これまでの人生で大切だったことが　これからも大事だ
もうダメという時が訪れたら　双方のどちらかが
勇気と信頼をもちつづけてゆくこと
相手に耳をかたむけ　手をさしのべ
かつての経験を思い出すこと
相手のために　負うべき重荷があれば
それを神のみ前にさしだす

ふたりの力が衰えたとしても
愛しあっていることは続く
はたして　これ以上のことがあろうか？

わたしたちの平凡な日常に　表情をあたえるのは
ほんのちょっとしたこころづかいだ
おたがいのため　食卓をととのえるとか
いっしょに買い物に行くとか
ふたりがまだ生きている限りは
たとえそれが　ひとりでできるとしても
何事も　できるだけいっしょにやろうとする

ことごとに　愛をこめて
たとえば　孫のために　木馬をつくるなら
よい木をさがして　赤い鞍をつけ
革ひもの手綱を工面してやるなど
時間はすぎるのにまかせ　けっして急がない
まるで時が　そこに気持ちよくいてくれて
仕事を眺めているかのように
また　何度同じことをくりかえしても
それが大事なのだと　やっていくこと

これらは　わたしがけっして
外の世界のことを　忘れているということではない
それどころか　孫たちの世界を脅かすものがあれば
たとえ政治のことであっても
わたしは　なんのためらいもなく　声をあげる
もう　まわりを気にすることなど　さらさらない

大切になってくるのは　相手への気くばりだ
どんなによい日でも　やがて夜はくる
足が　いうことをきかない
そうなれば　正直にいってよい
もうダメだから　助けてください　と

一日が長くて　それが苦労なら
その時こそは　一息ついて　静かにそのままでいること
ちょうど　水の流れのほとりに立つ木のように

わたしたちは何も　勇者である必要はない
嘆いても結構　ただ知っておいていいのは
絶望するようなことは　けっしてないということ

そしてさらに　夕暮れになっても
心臓の鼓動がつづいている限り
だれもが　愛し　愛されることを　恥じてはならないということ
老いた者も　こころの温かさを求め
やさしさと　見守りの手を求める
わたしたち老いた者は　それを恥ずかしいと思う必要はない

年寄りは　経験がいっぱいつまった
宝箱をもっているなどというのは　うそだ
そこには　経験といっしょに　誤りも混じっている

大切なのは　誤りもあることを認めていることだ
たとえば　自分にとって意味があるのは
だれにも等しく意味があり　それは神の意思だなどと思ったり
また　若いひとがやることは　みんな間違っているとか
若いひとは　年配の自分たちに感謝すべきだとか
また　歳とった自分たちの　人生経験から学ばなければ
やっていけるものではないなどと

年寄りが　たくさんの価値あるものを抱えて
墓に入らなければならない悲哀なら　わたしにもわかる
だが経験というのは
それぞれのひとが　自分でしなければならない
それを財産のように　受け継ぐことなどできないのだ

わたしの子どもは　わたしが生きている限り　わたしの子だ
そんなのも　間違いだ　彼らは成人した大人だ
そして　お前たちの将来のことを　心配している　などと
彼らにいわなければならないと思うのも　間違いだ
彼らが望むなら　いっしょになり　考えるのはいい
そして　彼らのために　わたしたちは　祈ることにして
間違っても　彼らに注がれている陽の光を　暗くしてはならない

老年はしかし　過ちだけというわけではない
老いても　からだの続くかぎり
与えられた年月を　味わい楽しみなさいという
神からあたえられた真実を　老年は生きるのだ
老いても　なお　自分にきびしいひとは
頑固で　他人にたいしてもきびしい
だが　たがいに楽しんで生きようとするひとは
概して　人生を楽しく生きるようだ

わたしたちが　どんなに努力しても　すべてを
神の意思に沿うようにすることなどできない
だが　晴れた一日が与えられ
それをこころから楽しんだとすれば
わたしたちは　神の意思に応えたことになる

旧約のソロモンの書（コヘレトの言葉）には　こうある
「光は快く　太陽を見るのは楽しい
長生きし　喜びに満ちているときにも
暗い日々も多くあろうことを忘れないように」

シェークスピアもいっている
「快活なひとは　自分のこころも治める」と

わたしたちが見るものに　気をつけよう
暗いところに　目を向けたがるひとは
いたるところに　影を見て
ついには　暗がり病になってしまう

これに対して　明るさに目を向けるひとは
こころに　癒しの力の道筋が　ひらけ
ひとを肯定し　愛するようになる
光に目を向けるひとに　祝福あれ！だ

スイスの作家　ゴットフリート・ケラーも
うつうつとしていたときは　そうだった
老いた彼は　自分の目に　こういった
「わたしは　いま夕暮れの野を歩いている
わたしの目よ　この世の金色の残照を
しっかりと飲み干せ」と

もしかしたら　わたしたちの周りにも
そんなひとがいるのではないか
大きな暗闇のかたわらにも
神とひとから与えられている
花や　うれしい　よいことがあるのではないかと
指さしてあげられるような

それというのも
ひとは何も　すべてのことがよくわかり
よい判断をしながら　生きているわけではないからだ

何か嫌なものがあれば
わたしたちは　片目をつぶり
ときには　安全のために　両目もつぶる

わたしたちはいま　ひとり　または　ふたりで
こころの家のまえの　ベンチに座り
思い出を　こころに行き来させている
だれに対する非難もないし
過ぎ去ったことについて　だれを訴えようとも思わない
また　だれからも　感謝される必要もない

どんな手柄話も　あまり重要でないし
ましてや　自分のことなどどうでもよい
誇りが手放せないひとのことも
笑って見ていられる

どんな争いも　夕べには　おしまいにしよう
もう　そんなに多くの時間が　残されているわけではない
まとまりのつかないことを　何日も引きずることはない
他人の過ちは　さっさと許し
自分にできないことは　それを認めよう
そして　おたがいに　平和でいられることを感謝しよう

老いたら従え　とは　よくいわれることだ
それは十分に承知だが
では　いったい 誰に　そして 何に従うのか？
介護してくれるひとの　いうことに従うのか？
老人たちにあてがわれた　この貧しさに従順であれ　なのか？
それとも病気や怪我　または神の意志に　なのか？

従うには　二重の意味が込められている
というのは　わたし自身のなかに
不従順の自分を感じているからだ
他のひとと　なかなか一つにはなれないし
わたしが　考えることも　信じることも
他人がわたしをどう見ているかも
また自分がいうことも　行うことも　みなちぐはぐ
きっとわたしが神の意思に沿っているときだけが
物事に従順なときなのだろう

だれかが苦しみを身に引きうけているのを見ると
わたしたちはそれを　毅然としているといい　賞賛する
この毅然にも　二つの意味がある
自分で苦しみを抱えるのと
大きな枠のなかにおかれた石のように
苦しみをそれとして生きてゆくことだ
苦しみもまた　神の愛に包まれている　と感じ
自らの意思だけでなく　神の愛を信じて身をゆだねること
こうして二つの在りようは　一つになる

わたしたちには
自分をそれにすっかり任せたい　と思うものがある
たとえば　医者の力や
わたしを助けてくれるひとの善意だ
そして何よりも　神の知恵

自分を任せるとは
わたしたちが家から出て行くときのように
自分という家をはなれて　出てゆき
自分でそれを守るのではなく　誰かにすっかりゆだねること

任せるという　この不思議な言葉は
自分を離れて　はじめて
わたしたちは確かな地に到達できる　ということでもある

自分の命を捨てるひとは　それを得る　と
イエスはいわれた
わたしたちは確かな地に向けて　旅立たなければならない
安らぎの地　そこは神の愛と知恵が支配しているところだ

その安らぎの地でこそ
わたしたちには　すべてを任せきった平静さが与えられる

この平静さについては　昔から　賢者たちが
深い人生経験に支えられた
自立また　謙虚さとして語ったことだが
これは　また同時に
神の霊が　わたしたちのうちにとどまり
わたしたちを支えてくださっている証拠なのだ

詩人リルケは 「秋」という詩で　こううたった

「木の葉が落ちる　遠くからのように落ちてくる
　まるで　天の庭が枯れているかのように」

わたしは　秋　木の葉が落ちるのを見るのが好きだ
茂っていた葉が落ち　梢が軽くなり
木のもともとの姿が見えてくる
幹も　枝も　梢も　あらわになる
夏しげっていた姿から見れば　それは厳しい
すべてがあらわになり　木そのものが見えるからだ

だから　人々はいつもひそかに
落葉を　死がま近い　悲哀と結びつけてきた
でも　木の葉が落ちてゆくさまは　美しい
力おとろえ　姿を変えてゆくが　しかし死ではない
落ちる葉は　知らなくとも　その後には
雪の下で　新しい葉が用意され　やがて　芽が出る
秋はそこにつながっている

人生の秋は　新しい命につながる
神が　わたしたちのうちに始めようとしておられる
新しい命に　すべては向かっているのだ

わたしが何者で　自分にどんな価値があり
どんなふうになって　何を使命とするのかをめぐって
わたしは　これまで何年もの年月を費やしてきた
いまこの歳になり　わたしは別離の時を迎えている
自分を磨き上げようなどとの努力からも　もうお別れだ

自分を後生大事にしてはいけないよ、とイエスはいわれる
そのように思わないひとのところにこそ
わたしたちが　愛と呼んでいる力が
ゆたかに注ぎ込まれるからだ

９世紀のイスラム神秘家マンスール・アル・ハダッシュは
祈りのなかで　こういった

「神よ　この〈わたし〉というものを
わたしはいま　あなたとわたしの間におきます
どうか　み恵みにより　この〈わたし〉を
わたしたちの間から　取りのけてください」

神とわたしの魂との間で　大切なものこそが
わたしと　わたしの愛するひとたちとの間でも　大切なのだ

こうした思いは　しかし　わたしがおとろえ
消えてゆくのを　よしとしているわけではない
歳をとればとるほど　その流れに逆らう何かがある
というのは　わたしたちの何もかもが　老いてゆくのではなく
人生の終わりに近づくにつれて
新しい何かかが　わたしたちのうちに始まろうとするからだ

昔から　多くのひとはこういっている
何か大きな不思議なことが　あなたのなかで始まるよ　と
まるで　一人の子どもが　あなたから生まれ
人生の終わりをこえてつづく
いのちになるよ　とでもいうように
そしてそれは　あなたの魂のなかから　始まる　とも
キリストの福音はそれを　新しいひと　とよんだ

だから　これが起こるための
魂の静かな空間を　大切にしなさい　ともいった
変わりゆくものや　日々のごたごた
とりとめもない　夜の思いにそれを満たしてはならないよ　と

わたしたちが生きている限り
神はわたしたちに働きかけていてくださる
そして　神が働いてくださるところには　つねに　新しいこと
力に満ち　ゆるし　いやすものが育っている
それは　わたしたちとて同じだ
神による新しいひとの創造があるのだ

では　わたしたちが悔いを残して去らなければならないものは
いったいどうなるのか　失敗や　犯した過ち
まちがった助言　それに失言のかずかず
日夜こころのなかをめぐる
恥ずかしく　悪いことだったと反省する数々を
わたしたちはいったい　どうすればよいのか
なんども言い訳を考えたり　記憶違いじゃないかと思ったり
その詮索はずっとつづく　何が　いつ　どうして　などと

しかし　思い出のための時間は貴重だ
すぎ去ったことへの後悔と格闘に　一日一日の時をついやすより
むしろその時をこそ　わたしたちは感謝で満たすべきでないか

それは誰に？　まず神にたいしてだ
そして一人ひとりの　ひとにたいしては
もう取り返しがつかないあれこれを
うまい言葉で言い訳したりせず
ただ率直に謝るのだ
ゆるしは　けっして空虚な言葉ではない
神によりすがろうとする者にとって　それは救いになる
わたしたちの誰もが　神のまなざしの前でこの齢まで生きてきた

わたしという木の枝が　曲がっていたからといって
それは　たいしたことではない
むしろそれにもかかわらず　わたしに居場所が与えられ
神の光をうけながら　生きることが許されてきたのだ

まだ足がきくなら
時には　山に登ってみるがいい
そして見晴らしのいい場所に立ってみる
そこで　かつての素晴らしいことや
大変だったこと　また重要と思えたことを
群れて飛んでゆく　鳥たちのように
こころの前を　通りすぎさせよう

すると　多くのことが変わってくる
鳥を呼びもどすことができないように
すぎ去ったことを
ふたたびここに持ってくることはできないのだ

生涯かけて　どんなに努力しても
すぎ去ったことを　わたしたちの手の内に収め
それを操作することなどできない
これは恵みなのだろうか？
それとも見知らぬ手が背後に働いているからなのか？

ドイツの黒い森の　松の木のそばに
古いブナの木が立っている
百年以上も昔　だれかが　この木に
石造りのキリスト像をとりつけた
木は　その像をうけいれて
それを抱くようにして　成長した

おそらく一度は　キリストの顔は
木のなかに取りこまれてしまったのだろう
そして　この木のなかに
キリストの像が埋められているとは
だれも知らなかった

もしかしたら　わたしの人生も　おなじだ
キリストが　わたしのなかに育ち
わたしのうちにおられて
いま　人生の最後の地点にいる
このわたしという人間を　つくってくださっている

神への　ひそかな祈り

神よ　いまわたしは　自分の人生を思い返しています
わたしの業績ではありません　それはとるに足りないものです
またわたしが行った　よいと思われるわざのことでもありません
やるべくして　やらなかったことの重さに比べたら
それは　重さにすらならないのです
わたしは経験させていただいた
よいことのかずかずを思い浮かべています
多くのひとたちからの　友情と好意
わたしがわかっている以上のものを　あなたはくださいました
それに　あなたから与えられた
一日いちにちの日々と　元気を回復させていただいた夜々
不安や罪におののくときには
あなたがそばにいてくださいました
多くの耐え難いこともありました
なんのために　こんな苦しみや苦労をするのか
それがわからないことも　多々ありました
どうか　あなたにお会いしたとき　その意味をお教えください
わたしの仕事は終わりました
夢はすぎ去り　いま　ただあなただけがおられます
どうか平安のうちに　あなたのみもとに帰らせてください
あなたの愛を　ずっと見せていただいてきたのですから
父と子と聖霊の神に　み栄えがありますように
あなたは初めにおられ　いまも　そして永遠におられるかたです

わたしが去ったあと　あとに残されたものは　どうなるのか
わたしが大切に思い　また好きだったものは

これには　祖先たちが語り伝えた　よい言葉がある
彼らは別れを告げるときに　こういったものだ
「お幸せにね」という　祝福の言葉だ

祝福には　いよいよ成長し繁栄してほしいという
実りをうながす力がある
祝福は　そのひとの人生を肯定し　うながしてくれる
去ってゆくもの自身にも　時の流れにそって生きてきた
自分の人生への祝福でもある

彼は　いまを生きているものと愛したものすべてに祝福をおくり
それらすべてにもう一度　愛と感謝のまなざしを向ける
しだいに衰えてゆく力を　この地上に残されたものたちに向け
彼らの人生が順調であるようにと　愛をこめて祈る
残されたものたちには　まだ時が豊かにあり　幸せもあるのだと
すべてを　神の慈愛に　おゆだねする

こうして人生は　愛のうちに終わるが
もっとも素晴らしいことが　この去ってゆくものには与えられる
それは　残されたものたちに
祝福を与えるひととなれることだ

自分の人生をふりかえって　感謝できるひとは
これから先の　自分の姿についての思いも変わる
これから先　つぎに何が起こるのか？
痛みや死はやがてすぎてゆき　そのあとは？

視界が　広がることだろう
いままで見てきた　世界の境界がとりはらわれる
わたしが幼かったとき　一人の老人が
わたしのひたいに水をそそぎ
父と子と聖霊の名によって　洗礼をさずけてくれた
それは　死からのよみがえりの　しるしだった
わたしは祝福のうちに
いのちを与え　成長させ　よみがえりにまで
まもり導いてくれる　神にゆだねられたのだった

わたしは　地にくだり
しばらくの死ののち　復活する
そして　新たな経験が　待ちかまえている世界に入っていく
いまはわからないが　こことは別な　役割もあるだろう
この地上での　ひと時の寄留者だったとき以上に
多くのものを見　また　理解することだろう

神を信じるとは
目の前にある　すべての暗がりをとおして　先を見ること
ちょうどガラスごしに見るように　先を見るのだ
かつて　目の前の物をこえて
一つの不思議な光が輝いているのを　見たことがある
貴重な瞬間だった

人生の最後のときまで　この経験を忘れることなく
死の暗い壁が　きらめく光のなかで　しだいに消えてゆくのを
わたしはこころから願っている

信仰とは　聴くことでもある
いのちが　静けさのなかで
はるかな　はるかな音として　聞こえてくるように
最期のとき　静けさのなかで
あの永遠に変わることのない　別の世界の音楽が
わたしには　聞こえてくることだろう

では　わたしは　いったいそこで　何を期待するのか？
ひとが　よくいう　永遠の安らぎ　などではない
これは　疲れに満ちた　わたしたちの世界からの思いにすぎない

そうではなく　わたしの道はさらに先へと続くだろう
新しい発見から　新しい発見へ
そして　新しい世界が　そこにあることを知る
そこでは　自分のことがもっとよくわかり
神についても　また　わたしの運命や
この世の真理についても　明らかになる
この別の世界が　どんなふうなのか
わたしはいま　それがとても知りたい

ある島に　ながいあいだ滞在したあと　ある晩
小舟が　わたしたちを沖へつれだしてくれた
夕日がしずむ　山々の陰には
まだ　光がのこっていた

いま　わたしはもう一度若くなりたいとは思わない
わたしは　喜んで　歳をとってきた
そして　人生という時の境をこえて
神が共におられたことを　こころから感謝している
わたしと　人生と　永遠と
その境は　わたしには　いよいよなくなってきている
わたしはいま　あの夕日が沈む　山の向こうの
光のあるところに　立とうとしている

あとがき

よろこんで　歳をとる、などといえるのは、よほど恵まれた人だろうとわたしたちは考えてしまいます。しかし、この本の著者のイェルク・ツィンクの生い立ちを見ると、決してそんなものではなかったことがわかります。

1922年にドイツ中部のハーバーツホーフという山里に生まれた彼は、3歳のときに、母を亡くし、さらにその翌年には、父まで失うというきびしい幼少時代をすごしています。それだけに多くの人の助けを受けながら育っていったのでしょう。そして日本の高校にあたるギムナジュムを終えると、彼は、第二次世界大戦さ中の空軍の通信士として独軍に従軍。乗った飛行機が英軍によって撃ち落とされ、かろうじて生き延びて、終戦時には、アメリカ軍の捕虜として収容所ですごさなければなりませんでした。属した部隊400人のうち、生き残ったのはわずか3人、そのうちの一人がイェルク・ツィンクでした。

6年にもわたる戦争が終わり、収容所から解放された23歳の青年には、帰るべきふるさとも人生の目当ても失われていました。そのとき、まったく偶然に出会ったのが、ゲオルク・トラークルの「冬の夕べ」と題する詩でした。詩のあらましはこうです。

夕べの鐘が鳴り、窓には雪が降りつけている。そのさなか、家のなかでは食卓が用意され、来る人を待っている。そして、寒さのなか歩み疲れた旅人が、凍りついた戸口を静かにくぐると、そこにはあたたかい光に照らし出されたパンとぶどう酒が待っている。

ツィンクはここに、人生の歩みをたどる、どの旅人も快く受け入れ、もてなし、さらにその先へと旅ただせてくれる、あるべきキリストの福音とそれを体現する教会の姿を見たのでした。彼はやがて神学を学び、牧師となり、宗派や宗教の違いを超えて、与えられたこの自然を大切にしながら、みんなで一緒に生きていこうと、呼びかけ、働き続けました。

分かりやすくて、誰にも親しく語りかける彼の著作は、ドイツだけでなく世界中で読みつがれました。とくにドイツの人たちにとっては、テレビの宗教番組などを通して、もっとも親しまれた現代の神学者の一人でした。彼は、この「わたしは　よろこんで　歳をとりたい」(ドイツ語)が出版された翌年、2016年9月に94年の生涯を閉じています。

この翻訳のきっかけは、日本の「いのちの電話」の生みの親となってくださった、いまはドイツにおられるルツ・ヘットカンプさんでした。

けがをして入院をしておられると聞いて、心配していた矢先、2017年の5、6月ころのことです。ドイツから電話があって、誰かと思ったら、ヘットカンプさんご自身でした。

長い入院生活の間、自分を慰め、支え、励ましてくれていた本がある。これをわたしに訳してもらって、ぜひ日本の知人、友人たちに読んでもらいたいというのです。聞けば、わたしがかねてからいろいろ読んで、教えられていたイェルク・ツィンクの本でした。そしておっしゃいます。「日本の人たちは、いつも、がんばれ、がんばれでしょう。でも歳をとったら、そうでなくともよい。ぜひそれをわたしの知人たちにも知ってもらいたいのです。」

翻訳のことは読んでみないとわからないし、わたしの歳ではもうそれができるかどうかわからないとお答えし、とにかく原本を見せていただくことにしました。程なく送られてきた本をつらつら見ながら、身につまされることが多くありました。老いは人ごとではない、わが身のうちにしっかり歩みを進めていたのです。

この機を逃しては、訳す気も起こらないだろうと、一言一言、味わいながら、わが身に振り替え訳してみました。誤訳も多々あっただろうと思います。しかし、書かれた言葉の一語一語に共感しました。そして、訳文とはいえ、文章に本来あるべき、点や丸がすべて邪魔になってきたのです。ちょうど人生の区切りを、自分でつけることなどできないように。それはむしろ、わたしといういのちを生み出し、生かし、用いてくださった神がなさってくださるのではないか、と。

大げさなことをいいますが、これが翻訳に当たってのわたしの思いでした。

でき上がった訳を、ヘットカンプさんが指示してくださった日本の知人のかたがたに、彼女からのクリスマスと新年のご挨拶として贈らせていただきました。

その喜びと感動の声は、ここに書き尽くすことはできません。どの人も深い慰めと励ましを受けられたようです。ご自分でさらにコピーをして心にかかる自分の知人や友人に贈られた方も多くおられました。

終活などという言葉があたり前のように叫ばれ、自分の人生の締めを自分でしろといわんばかりに、老いていく人を他人事のように見る風潮が、いまわたしたちの周りにないわけではありません。老い、衰え、病み、死んでいく人たちは、果たしてもう生きていく価値も意味のない人たちなのか。

ツィンクが語る、わたしたちは秋の実のように大地にうもれながら、新しい春の芽生えをまっているという姿に、長年子どもたちとの読書活動をしてきた、わたしの知人友人たちもまた、深い慰めと励ましを受けたようです。宗教の枠を超えて、呼びかけるものが、この本にあるからなのでしょう。コピーにコピーを重ねて読んでくださっているかたもおられます。

この翻訳のきっかけとなってくださったヘットカンプさんもまた、この日本に大切な種を蒔いてくださった方です。

ナチスがドイツを支配した年、1933年にヘットカンプさんはドイツで生をうけられました。それからはまさに大戦のさ中です。1943年、10歳の時に、空襲で一家もろとも瓦礫の下にうずめられてしまいます。そして、九死に一生をえて、自分が不思議に生かされたことを実感したのでした。生かされた自分の命は、自分のものではない。そう心を定めて歩み続けた道が、遠い日本であり、それも生活のために自分の身を売る女性たちの救いのために何か役立ちたいということでした。

来日して、苦労して覚えた日本語で、どのようにしたらその女性たちと心をかよわす友になれるのか。不安と苦労の日々が続いたといいます。そして、東京の年末の夜の街の雑踏のなかで、見通しも希望もなく、彼女は道に立ち尽くしたといいます。そのとき、拡声器から流れるウィーン少年合唱団の歌う「きよしこの夜」を聞き、われに返ったのでした。あの、命が救われたとき、“自分の命は、生きるのも死ぬのも、神のみ手のなかにあるのだ”という思いでした。これがやがて、希望を失い、思い余って、自ら死を選ぼうという人たちの、せめて何かの助けになろうと始まったボランティア運動、日本の「いのちの電話」のそもそもの発端でした。

「涙と共に種を蒔く人は、喜びの歌と共に刈り入れる。種の袋を背負い、泣きながら出て行った人は、束ねた穂を背負い　喜びの歌をうたいながら帰ってくる。」

旧約聖書、詩編126篇のこの言葉は、はからずもヘットカンプさんによって蒔かれた種の行く末を、わたしたちに告げているように思われてなりません。

最後に、この本の標題「わたしは　よろこんで　歳をとりたい」についても、触れておかなければなりません。わたしの日本語の訳を読んでくださったヘットカンプさんは、よく訳してくださいました、と評価なさりながらも、一つだけ違うと注文をつけられました。それはドイツ語の Ich werde gerne alt は、「わたしは　よろこんで　歳をとる」という断定的な表現であって、「歳をとりたい」という願望ではないというのです。もうそのように心に決めて生きているという強い表現だとおっしゃいます。

わたしたち日本人の感覚では、歳は自分でとるものではなく、すぎてゆく年月を歳として受け入れる、いわば受動的な表現でしかいわないように思います。ですから、「よろこんで　歳をとっている」とはいっても、自分で「歳をとる」とはいいません。そして「よろこんで」といえば、すぎてゆく時と、それにともなう衰えや変化を、まあそれなりに幸せとして受け入れていることになります。

結局、ヘットカンプさんのご指摘にもかかわらず、この本の標題は「わたしは　よろこんで　歳をとりたい」としました。それは訳者のわたし自身も、そしてこれを読んでくださるかたがたも、ツィンクの遺言とも思える言葉の一つ一つをたどりながら、「わたしは　よろこんで　歳をとる」とまで、言い切れるようになりたいと願うからです。

最後に、訳文を読み、ぜひこれを本にしましょう、と、こぐま社の刊行物にまでしてくださった佐藤英和・志奈子さんご夫妻と、編集にご尽力くださった関谷裕子さんに心から感謝申しあげます。

2018年秋　　　眞壁伍郎

(著者) イェルク・ツィンク（1922-2016年）
ドイツの神学者。第二次世界大戦の危機の中を生き延びた一人として、世界の人々との共存と平和を唱えつづけた。わかりやすい言葉で、私たちが、いまあるいのちをどんなによろこび感謝しなければならないかを、生涯にわたって説きつづけ、多くの人に共感と感動を与えた。著書に『幼児の心との対話』（妻との共著、内藤道雄訳）、『美しい大地　破壊される自然と創造の秩序』（宍戸達訳、共に新教出版社）他多数。

(訳者) 眞壁伍郎（1936年-）
ドイツ語の教師だったが、看護にひかれ、長年、医療従事者の教育にあたる。自宅で、50年近く子どもたちのための家庭文庫や大人の読書会を開く。新潟いのちの電話元理事、新潟大学名誉教授。著書に『いのちに寄り添うひとへ　看護の原点にあるもの』（日本看護協会出版会）等。

わたしは よろこんで 歳をとりたい
著者／イェルク・ツィンク　訳者／眞壁伍郎

56P.　19.5 × 14cm

2018年10月25日第1刷発行　2025年4月1日第14刷発行
発行者／廣木和子
発行所／株式会社 こぐま社
〒112-0014 東京都文京区関口1-23-6
TEL.03-6228-1877　FAX.03-6228-1875
企画／佐藤英和
写真／ゲオルク・レーマッハー＆イェルク・ツィンク（41p）
ブックデザイン／足立秀夫
印刷／磯﨑印刷 株式会社　製本／株式会社 難波製本

万一、不良本がありましたら、お取替えいたします。お買い上げ月日、書店名を明記の上、お手数ですが、本社までご返送ください。

ISBN978-4-7721-9074-9　C0098　NDC944
Printed in Japan.